JN076903

佐野玲子 詩集

天地のひとかけら

コールサック社

詩集　天地のひとかけら

目次

Ⅲ章　次の命

詩集

天地のひとかけら

佐野玲子

Ⅰ章　神さまに近いもの

神さまに近いもの

「そろそろ人間は、ほかの生きものたちに
　恩返しをする時代にならなければおかしい
　こんな人間だけの勝手な都合で……　ありえない」と
ちょうど五十年前　小学六年生のとき
日記に書いていた

その後は　学校の宿題
戦争関連の課題図書の感想文に
「ほかの動物たちが
　悲惨すぎる巻き添えになってしまう

あまりに痛々しい現実を考えただけで
　耐え難い」
と　ほんのひとこと書いたきり

以後　何十年は
自分の中に　深く根を張っているこの感覚に
自ら　強力な麻酔薬を投与し続ける思いで
心の糸を
鈍く　にぶく　しつらえて
なんとかやり過ごしてきた
けれど、十年ほど前から
その麻酔も効かなくなってきたらしく

強い放射線に晒された
人間以外の生きもの

その壮絶な苦悶
　とくに　その出産　子育てに思い及ぶや
自分の思考力を　想像力を
思い切り　叩き壊すかのように停止させなければ
呼吸が停止してしまう

はるかはるか古（いにしえ）より
文字に表されることなく
ことばの力で　脈々と
伝え継がれてきた数多（あまた）の物語の中では
我々以外の生きものたちは
より　神さまに近いもの
神聖なもの
少なくとも　人間よりも
それはそれは　真っ直ぐな

心やさしいものとして
かたり伝えきたものを……

「人類のため」に最大の貢献を成した者が
最大に誉め称えられる現代

「人類の利益のため」という　極めて不遜な目標のもとに
次々と産出されてきたモノやコト
目的そのものが、許されるはずがないのに
と思われるモノやコトが、多すぎる

たとえば、ほんの　たとえば
大多数の日本人の感覚として　おそらく
数世代前なら
ありえなかった　〇〇実験

いつのまにか　あっという間に
ありえなかったはずの事々（ことごと）が常態の足場となり
がっちりと　組み立っている
我々の　便利で快適な日常

「恩返し」どころか
ますます逆方向に大きく傾くばかりのヒト社会

私たちが　安定して立たせていただいている
その足もとが
いかなる犠牲の、その途方も無い堆積であるのか
その呻き声が
銀河のように巨大に渦巻いている
そのさまに

いつまで　気が付かぬふりを

足もとに思いを馳せる……
それは
日々の当たり前の暮らしへの慎ましやかな感謝
大昔から
おのずから
そなわっていたはず

感覚的にありえない……
その直観にこそ
潜んでいるように思えてならない
生きものとしての真実が

ヒトの星ではなかった

お蚕さんには　もちろん
鯨に　鮭に　供養塔
いつも一緒に働いてくれた馬や牛のためには
石碑を　観音さまを
草刈り鎌で　誤って切ってしまった蛇のもとには
お線香を　立てずにはいられなかった　私たち

田んぼで　お米を育てることは
無数の虫たちを　田草　畦草を　そして
水に棲む生きもの　鳥たちをも、育てることだった
その痛みとも　隣合わせ

西洋由来の意味での「自然」という言葉は
なかった　あるはずもなかった
私たちも当たり前に
その中に渾然と
大きく含まれていたから

生きとし生けるものの一員に過ぎぬ
という
自らの　小ささも　実感するなか
来る日も来る日も
幾百もの石を積み続けるような
何十万もの日々
永々と　なんとか棲み分けてきた
野山の生きものたちの棲家を

生命線である　水飲み場を
ある日突然
切り倒し、埋めつぶす

それも
なまみのヒトの力を　桁違いに超越した
心のはたらく隙きもない
圧倒的な破壊力で

そんなことが当たり前のようにできてしまう
この社会から
戦争が
なくなるわけもない

野山の生きものたちの目に映っていた

この世の風景……
私たちは
想像が　できるだろうか

地鎮祭という行いも言葉も　むなしすぎる

いつから
当たり前に
なってしまったのか
「リゾート開発」という行為が　言葉が
「羽毛布団」が　「食べ放題」が

いつから《当たり前》が、１８０度　狂ってしまったのか……

そろそろ

息を吸う時代は終わり
息を吐く時代に移ろうか
という今

いつまでも
吸い続けようとしているような……
どこまでも
膨張しようとしているような……
もはや
吐き方が　わからないような……

このかわいらしい天体の
ほんの　ひと呼吸の中（うち）に
たまたま
発生してしまったに過ぎない

私たち

下は絶対零度から
上はゼロが８個もつく温度にもなるという
この悠(はる)かな虚空に
ぽっかりと
生き物に適した
ごくごく限られた温度域に保たれている
何　千　万　年　も

この不可思議分の一の有り難さ

石ころは記憶しているに違いない
過酷に過ぎし時代を

岩のすき間に棲む虫たちも
岩の昔がたりに　さとっているかもしれない
その語り声は
人間以外の動物たちの
けっして「近代化」されることのない心にも
響いているかもしれない

お月さまの眼差しには
この星と別れたときの衝撃が
深く刻まれている

おだやかな星になってから
青空の底に　棲みつくようになった
我々ばかりは
あたりまえのコトになってしまった
この　不可思議分の一

まだ熱を蓄えているらしい
この地球の
内奥（ないおう）の地磁気が
反転するくらいの
未曾有の
大転換が
人間の心の深部にも
うねりくる日が
めぐり来ることを……

生きとし生けるものの
なまみの苦しみを
肌で覚（さと）る日が……

ヒトの星ではなかった、と

天地のひとかけら

どうして昔ばなしには
あんなにいろいろな生きものたちが
それも
とっても大切な役割を担って
たくさん登場するの
それは　たぶん

人類ばかりがこんなにも繁栄してきた
その舞台裏では
ものいわぬ生きものたちが

どれほどの生き地獄に
突き落とされ続けていることか

そしてにもかかわらず　かれらが
人間を　どれほど窮地から助け出し
命を救ってくれてきたことか

けっしてけっして　忘れてはいけないよ
この逃れ得ない罪の深さを
そして同じく心深い
真底からの感謝のいのりを

これが連綿と語り継がれてきた昔ばなしの
一番大切なこころ……なのに
はてしもなく　どこまでも

人間本位な　人の営み

子育ての場は奪われ
水を飲めるところさえ　消されてしまった

それなのに　かれらは
だまってあまんじて
この星に生まれた運命として
受け入れてきてくれたのは
それは
この人類も　つまるところ
この星の成分の刹那のあらわれ
天地のひとかけら、とみなされているから

そのことを

そんな大事なことを
そんな当たり前のことを
当の我々がすっかり　忘れ捨ててしまった

文明の土台は　無数の阿鼻叫喚

累代のご先祖さまの　かけがえのない遺言だったのに
もうそのこころが
すっかりよみとれなくなって　久しいのかもしれない

文字などなかった
口伝（くでん）の世界が
神々し

天地のめぐみ

私たち　動物の肉体
まちがいなく　天然もの

具体的には100%
自分が食したものから　できている　はず

まちがいなく　この地球の成分
水と塩のほかは
ひろく「土」を母体とする
植物の命　動物の命

けさの朝ごはんだけでも
取り込ませてもらった命、いかほど……
と、とても数える　という域の数ではない

おかげで、あい変わらずの体が
日々　保たれている

この肉体を成している
無数の生命体
そのもとを遡れば
みんな「土」に辿りつく　はず

その莫大な命を育み養う
ゆたかな「土」が　豊かにあるところこそが
いちばん「ゆたか」で　すばらしいところ

——とは、だれしもが……

《農》という業(なりわい)は
あらゆる命が
くり返しくり返し　巡(めぐ)り廻(めぐ)っている
この「天地」から、そのほんの少しばかりを
「めぐみ」として
引き出させていただくこと

そして、自分たちも
「その大きな流れの　ただ中にある」という
たしかな実感のなか

来る日も来る日も

毎年毎年　何百年も　何十世代も
くり返し　くり返し
先人たちが
《農》を
いとなまれ続けたおかげで

大　地　の　ゆ　た　か　さ　は　保　た　れ

私たちも
悠久の時空にただよう
ほんの一隅の生にすぎない……と
天然ものの
一員であり続けてきたから

めぐりめぐる「天地」の流れの

その端くれとして

人間も、くり返す　くり返す
「天地」から「めぐみ」を引き出させてもらいたいから
手入れを
くり返す　くり返す
十年一日のように

その　くり返しの中に

きっと
安らぎ　満ち足りる心……
天地との一体感……

きっと　だから

美　し　さ　は　守　ら　れ　て　い　た

裏山　小川　ため池
田んぼ　畑
石垣　土塀
畦道　裏庭　生け垣
土蔵　草葺小屋

「価格を付ける」かりそめの貨幣経済とは
土台から　次元の違う　うつくしさ
ヒトも《天然もの》であり続けていたから
人知れず　吾知らず
ととのい
あらわれる　うつくしさ

「天地のめぐみ」という
「《命》の営みに」は
土台から
当てはまるはずのない
「効率化・時短」が求められる　―近代化―

何でもかでも　お金に換算されてしまう
―近代化―　の波とは
未来永劫　波長が合うはずのない
ほんものの
ゆたかさに　あふれている
《いなか》と、言われるところこそが
とびきり　すぐれている

――とは、だれしもが……

——が
あらゆる命を宿している「土」を
あらゆる命の生命線である「水」と
分断してしまうような素材で
覆い潰してしまった　　　　——都市が

《いなか》よりも優位にあるかの言動が
あたり前のようにある

な　ぜ

「母なる」などとも　冠してきた大地
私たちの肉体の由って来(きた)る　土を
かけがえの無い　田んぼを

拒絶したかのような　　　　　　——都市が

発展……？
ゆたかになった……？

「天然ものの命」が
見わたすかぎり
一つも見当たらないような　　——都市が

な　ぜ

この　素朴な「なぜ」を
「なぜ」のままにしていると
見えないような気がする

［砂上の優越感］の裏側の土台に
重たく潜んでいたモノが
この何百年
何をもたらしてきたか

途上国　と言われる
その「途」とは
▽▽への　途次（みちすがら）　にすぎないことが
―近代化―　が、その出発点から
宿命づけられているらしい　行く末が
日々の食卓の命さえ
見えにくくなっているように

奥深い根っこたち

ほんとうの話が
できた気がするのは
犬と猫と、だけだった
今は　時おり家の中に迷い込んでくる虫たち

かれらが永眠している庭に向かい
沈潜する　真夜中

睡魔に襲われて
このベッド脇にきたというのに

みるみる頭の中が　冴えわたるのは
一里塚にいてくれる　かれらが　私を
おしえ　さとそうと　してくれているから

共通のご先祖さまに通じる
たしかな途の一里塚から
深夜にだけ受け取れる
かすかな響きに
心を澄ます
これにまさる　ときも　ところも
ない、そう思える
ありがたさ

生前、あなたたちは
まちがいなく　私の師でした

たましい　だけになって
10年も経つというのに
さらに偉大なお師匠さま

一枚の落ち葉
一滴の雨粒とも
通じ合えている　あなたたちは

樹木(きぎ)の根っこたちの
深い深い　会話に夜な夜な
耳を傾けているに違いない
永久(とこしえ)に　続き　繋がりゆくような
膨大な根っこたちが
交わしている
問答に

まだまだ　私には
教えてもらえそうに　ないけれど

『動植咸栄（どうしょくかんえい）』

足元の土には還れない
街路樹の落ち葉
私たちの身体、火葬の灰は　土に戻れているの？
どのあたりの土に……？
こんな重大なコトが　わからないなんて
循環という言葉が　ひどく空しい

100％食したものから成っている　私たちの肉体は
すべからく　土に、この大地　宇宙に由来する
これ　当たり前

身体の利くものは一人残らず　土と生きる
これも当たり前の時代は想像もつかないけれど

死に変わり生き変わり……
命の巡りの直中にいることが
当たり前に　全身で解っていたのかしらと思われる時代も
もう想像もつかないけれど

自分たちと　ほかの自然物との境目が
真っ当にも　あいまいだった時空に
立ち戻ることもできないけれど

あらゆる　もの・ことに
畏敬の念を懐き続けてきた心もちが
すっかりよみがえることも

ありえないとは思うけれど

「土」への祈り、そして
太古より、莫大な恩恵を戴き続けている
数多の生命たちへの
心の底からの「有り難う」
この思念だけは
何としても呼び醒まさなければ……

『動植咸栄』*《あらゆる動植物が皆ともに栄える》
わずか数十世代前の先人の　このことばを
心の柱　として立て直さなければ……

「人類だけのための技術など
この星の一員として

ゆめゆめあるまじき業」と意訳して

心のなかで　自ずと手を合わせる
朝な夕な　そこここから
あふれ出る　深い念い(おも)で
この雄大な大気が
当たり前に
満たされる日々が……

＊『動植咸栄(どうしょくかんえい)』：天平十五年〔743年〕（疫病や大地震などの災厄にみまわれていた時期）東大寺の毘盧遮那仏建立の（聖武天皇の）詔の中の文言。

永劫の炎

はるかな昔から
今も変わらないもの
それを見つめる安堵感

朝焼け　夕焼け　雲のさま
泡沫（うたかた）　雨粒
広がる波紋
雪片　花びら
お月さま
空　海　そして
たき火の火

ゆらゆらゆら
いつまでも
見つめていたい
変幻　夢幻　炎の姿

魂ゆら……
そんな言葉も　浮かびくる
不可思議態なる　ゆらめきを
いつまでも　ながめていると……

古代　上代　飛び越えて
神代をすらも　通り越し
原始の世へと
いざなわれ

煮炊きする
土器を囲んで
燃えさかる　炎に照らされた
知足の笑顔も
浮かびくる

けれど
変わらぬ炎を
見つめるほどに
安堵感の裏側からは
ふつふつと　重たい思いもにじみ出る
永劫に変わることのない　ゆらめきとは
裏はらに

すっかり　かたむき
変わりはてた
私たちの心が　照らし出されるようで
身がすくむ

温暖　多湿な　この島々の
命にあふれかえる土……
「土とともに生きる」
まっとうな暮らしの中からは

いまのような
あまりにも　あまりにも
あまりにも
「人間中心」の発想など
芽吹きようもなかったのに、私たち

まだ百世代も
経っていないのに

原始の世も
今も　私たち　生きものの肉体は
例外なく「命」から

はるか　開闢からのいとなみを
~個体発生は　系統発生を繰り返す~

ショートカット・効率化など　ありえない
「命」から

成っている

それだけは確かなことなのに
「命」への深々とした
「まなざし」は
いまや
ヒトが［利用するモノ］としての
乾いた［視線］

［進歩］と称する
果てしもなき　欲望の実現へ
まっしぐら

『才能は煩悩の増長せるなり』（徒然草　第三十八段）
……兼好法師の言葉が
　突き刺さる

『死にかわり　生きかわり……』
生きものの「さだめ」を
まるごと身体で　受け止めていたから
天地有情の「はしくれ」にすぎない、と
さとっていたから

逝きし世
われわれ人間よりも
あきらかに
「聖なるもの」として
畏れ　うやまい
こころ　通わせていた
生きとし生けるものへ

何千本もの　毛髪で作った
何千万本もの　筆をもって
幾千億枚の礼状を
幾億兆通の詫び状を
したためようと

届きはしない

お月さまに
見つめられる度に
そう思う

Ⅱ章　とほうもない時間

とほうもない時間

人間に
文字など
要らなかった
どころか
言葉も　火さえ　使いこなす前

恐竜どころか
昆虫の星になる前

種子や胞子の萌芽もない

きっと
水の星になる前からの
とほうもない時間も
間違いなく詰まっている、石

神意を聴く石
成長する石
子産み石
夜泣き石
浜辺に漂着した　ありがたい石
特別な日に　浜から拾ってくる小石
夢のお告げのとおりに得ることのできた小石
五穀豊穣の願いを一身に集めた石

魂の宿りを観じられていた石
あつい祈りがこめられていた石は
大小さまざま
人の数ほどあったかもしれない

歳月の　あつみ
祈りの　おもみ

『石ころをじっとながめているだけで
何日も何ヶ月も暮らせます[*]』

とは、
九十歳を過ぎた
熊谷守一氏

＊（『へたも絵のうち』より）

火山列島

自分の
かわいらしさにも
にくったらしさにも
気がつくことのない
赤ちゃんのような
くにが
あったって……

自分の
立ち位置とか

使命　理想
そんな言葉には
縁の無い
「自信」というものも
無くてかまわない

無いほうが
当たり前の
子どものままの
『はだかだね』
と　言える
くにが
ひとつくらい
あった方が……

生きもののエネルギーの出処を辿りゆけば
そのほとんどが　太陽の光　だという
あらゆるものの根源と思われる
その太陽をあらわした旗印を
くにの旗としている
くにならば

この天体の
更には　この太陽系の
旗印でもあると思われる
かくも象徴的な旗を掲げるのなら
この世でいちばん忘れてはならぬことを
たった一つの「おきて」を、身をもって指し示す

そんな運命を背負っていたように

思えてしかたがない

大陸から
程よく隔離された
懐の深い
この火山列島に生まれて

飽食の濁流

昨日まで
同じ敷地の中で暮らしていた
大切に育てていた
その近しい命を　いただく
という
いかにも重たそうな　生活文化が
ほとんど芽生えることのなかった島々に

日常的な肉食が
海の彼方から

一気に　押し寄せてきた

血肉をいただくための
家畜と暮らす日々
という
彼の地には
深く根付いていた
泥付きの重たい根っこは
バッサリ　切り取られ
どっと　なだれこんできたのは
土から上の「食」だけ

和魂洋才という言葉があったけれど
「洋」の中にも「魂」は　しっかり宿るものを……
その「魂」

私たちとは相容れにくい、その「魂」を
　きっちりと見極める余裕もないままに……

自分を筆頭に
鶏一羽
自らの手で締めることさえできない者がほとんど
という
この現世（うつしよ）に
どっぷり肉食
既に久しい　飽食の濁流

《いただきます》
この　ひとことに
「土」から直（じか）にいただく「めぐみ」への
ありがたい思いは

たしかに感じられるけれど
《いただきます》
痛みをともなう
重たい命への思いは
どれほど　こめられているだろうか
心配になる

恥ずかしすぎる

つい最近のこと
ラジオのスイッチを入れると
ニュースの途中
『野生化した○○が△△を食い荒らして……』

く、く、食い荒らす……？
そんな言い回しが　当たり前なの？
そんな感覚が……

人間の姿で生きていることが

息苦しい
恥ずかしすぎる

身勝手極まる人間に
拉致されてきた　ものたちの
子孫は　縁もゆかりもない
四面楚歌なる　その土地で
ただただ　ひたすら
その命、生きていくほか
すべがないから
「食っている」
それだけなのに　だけなのに

100％人間都合の「開発」という破壊行為の下
瀕死の重傷を負ったもの

命は取り留めたものの
突然生活の場を消し去られてしまったもの
ましてや、放射能による惨状に至っては……

バッサリと　想像力を断ち切らなければ
同じ時空に　ニコニコしてなどいられない

「草木」の中にも　もちろん
たっぷりと
聖なるたましいの存在を
感じ続けてきたはずの私たちなのに

「菌類」への深い感謝の念(おも)いから
《菌塚》を建立された方も　おいでになる

そんな国柄の
そんな私たちだったのに……

「食い荒らす」
そんな物言いが　あてはまるのは

蒙昧な思い上がり　果てしもない
飽食の世の　私たち
命が　命に見えなくなりかけている
私たちだけ

ありえない

人は一人では生きていかれない　とか
私たちは生かされている　とは
よく言われることだけど
その前に
その一次元　奥に
どっかりと　おおもとの土台

人間は　人間だけでは　生きていかれない
すべてのいきものは
カラスもヤモリもボウフラも

サメもモグラも人間も
ほかの生命体によってのみ
　生かされている

この　明らか過ぎる事実
この「生命の星」の夜明け　以来
揺るぐはずのない
この土台が
埋もれかけている
街なかの日常

この地球の表層が
肥沃な土の堆積に恵まれている
だけでなく
その硬さ・柔らかさが

家を建てる土台としても　ちょうどよい
幾億もの歳月を経たおかげの　この天体の
そんな奇跡が
当たり前のことになっているように

人間の都合だけで　ものごとを進めていく限り
「人類の利益・恩恵　のため」
この「常識」を
根本（ねもと）から疑い始めない限り

未来も　将来も　ないような、ましてや　平和も
地球が　まるごと　むなしいものに　なってしまいそう

目に見える命の苦しみを

無視することができてしまうものたちは……
やがて　いずれは…………
と思われてしかたがない

生きものの一構成員として許されるものだろうか、と
傾(かし)げた首が　もげそうになる思考回路と
夥しい所業のおかげで
便利この上ない
街なかの日常

「宇宙船地球号」という言葉の登場から
もう60年も経つらしい
けれど

「人間だけが　快適　安全」という

この天体としては　歪みきった
現代都市の
〈ゆたかな〉暮らしの土台には
《人間のことしか考えていない》

この　明快すぎる一つの理由
この一つだけで、即刻
断念　放棄　変更　停止　廃止　すべきものが多すぎる

たとえば

原子力

その　利用そのものが

ありえない

幾重もの奇跡

強大な立場にある者は
何ごとをも許される人間界
一動物であることを忘れた人間の傲慢に
蹂躙される地球界
……つくづくと……相似形

『煩悩の増長』果てしもなく
生物界の掟破りも甚だしい
地球号の似非リーダー

この水の星の開闢以来
めぐりめぐっている渦の中
《今回は、生まれてみたらヒトだった》だけ
なのに自分ら以外の自然物には
「美しい……変わらぬ姿でいてほしい」など言いながら
自身たちだけは　なぜか
「進歩」せねばならぬらしい

先進国って
いったいどこに向かって急いでいるのか
自分たちだけの行き先すら
耳にした覚えがない

豊かな町って　発展って
命と　その痛みにも　満ち満ちた表土を埋め潰すこと？

「母なる」とも称する
そも、人類の持ち物であるはずもない
その大地を

「地鎮祭」のほんとうの心は
とうに埋もれてしまったし

梅の実に誕生日などないように
私たち動物の命も
消えつ結びつ姿を変えて
継がれゆく流れの中の泡のつぶ

この肉体は
実存感のかたまり
だけど　それすら

その原材料には思い至らず

たどりたどれば
自分のこの身体　間違いなく土
土　土　土　なのに

自分たちの日々の排泄物が
土壌に戻りゆくことさえ
はるか　古（いにしえ）ごと
かすかな知識の切れっ端

私たちの血も　汗も
すいか　レモン　アリの体液も
そして海
いま降り出した雨も

何億年も前からこの星に閉じ込められ
たゆたう水

奇跡の一本松よりも
さらに幾重もの奇跡の交わりに
今たまたまこの瞬間
ヒトの形であらわれている
だけ

直観で思う

一粒の
同じ命を源とする
ほかの生きものたちの苦しみに
心を向かわせないヒトたちに

『平和』という言葉は
からっぽだ、と

この星からにじみ出ている
地鳴りのような　うめき　を
いく歳月　聴き続けてくださる
お月さま

人間が
そもバブルでしょ？

痛みの感覚

一見　ちゃんとした箱に入っているから
だれにも気が付かれなかったけれど
そこから出たこともなかったから
自分でもわからなかったけれど
実は
とんでもなく大きな　ヒビが入っているらしい

だから
当たり前の人間に　当たり前に響くモノが

ちっとも響かないような……
そのかわり
当たり前の人間には　いたって常識的なコトが
ひどく響いてしまうような……

あるいは
大きな手違いがあったものか
ヒトの命を授かった者であれば
お約束として　胎内にあるうちに
必ず注入していただくはずの
麻酔薬
私たちが
「ほかの生きものの痛み」を　感じ取る神経に
深く深く　注入されるはずの
強力な麻酔注射

その　重大な一つの工程が
何故か自分は
ぽっかり抜けたまま　胎外へ……
そう考えるほかは　ない
そんな感覚

あるいは
ヒトとして生まれた者であれば
物心がつくころまでに
当たり前に　辿り着くはずの
《人間のステージ》に
自分は
上りそこなったまま……
そんな感覚

二度と　お授けいただけない
有ること難き　ヒトの姿で
命を生きることができているというのに
〈自分が人間であることに
いまだに折り合いがつけられない〉
そんな
ひとりごとを　言い出す始末

実態としては
かなり　迷惑な
怠け者
だから、きっと　なおさら
ミミズやカエルや虫たちのほうが
自分よりずっと

えらいと思えるのだ、心の底から

同じ　なまみの肉体
一つ輪の中にいる　ひたむきな仲間に
おのずと　頭が下がってしまう

人間社会に
深刻に、深酷に
巻き込まれ続けている　生きものたちが
ねずみが　熊が
どうして
かわいらしいキャラクターに……？

烈しい違和感
かわいければ　かわいいほど

息苦しい

圧倒的な加害者であった過去を
忘れ捨て
ラッコが
ペンギンが
かわいい……
いやされる……？

強力な麻酔を注射を打っていただき損なった者にとっては
とてもとても　いたたまれない

それに、加害者――　過去、どころか
今なお　日夜
いたるところに

生き地獄
可視化されにくいだけで
○○の駆除を伝えるニュース
動物園で○○の赤ちゃんが生まれました
これも　ニュース
引き裂かれんばかりの
なんという強烈な矛盾
やっぱり
「強力な麻酔」の効力は絶大だ
だけど

人間どうし　だって
「ほかの生きもの」に
ならない
とも

迷信

お日さまに
雨にも　凮にも
比類なく恵まれ
　恵まれすぎ

紫外線がいちばん強烈な
夏至の前後には
なぜか毎年　ひと月あまりも
雨雲が　かかり続けてくれる
　ふしぎに　恵まれた　島々

さらに
地下深くには
もっとも畏怖すべき
莫大なエネルギーが
出番を待ちながら
いつでも　待機している
この島々の
木火土金水に育まれた
謙虚な心と
しなやかさ

大陸との「絶妙な隔たり」にも恵まれ
その生い立ちも
限りなくユニーク

「神ごと　神まつりの庭」の心を
ひそかに留めた事々が
今なお　そこここに
いきづいていることに

太古の遺伝子が
今も　奥底に
きっちりと組み込まれていることに

海の彼方の同類たちには
備わっている「殻」が
自分たちには
どうも生まれつき　無いらしい、ということに

気がつかないくらい

なにごとも　ぼやけているほうが
安泰の基だし
言葉にあらわせないほうが
まっ当なこともあるし

「進歩」しなければいけない
そんな考え方が
そもそも　なじまなかったのかもしれないし

つくる技術は　どこよりも優れていても
つくらない方が　よいこともあった

誇るべき　世界の非常識

《戦闘を避ける知恵》の実践を
十世代にもわたり
心ゆたかに
続けていたなんて
史上、もっとも　ほめたたえられてよいはずの
この上なく　かしこい　こころみだった
けれど
そのような〔実験〕は
科学の世界でのみ有効なのさ、という
冷徹な近代の一撃には　ひとたまりもなく
〔強兵〕という殺伐極まりない　時の激流に
科学の急激な発達の
巨大過ぎる　余波に
根こそぎ　なぎ倒された

文明「開化」という　時代のメガネをはずしてみれば
古今東西　唯一無二の
かけがえ　のなかった文化の
「退化」

穏やかな日々と
　豊かな実りを願い続ける
《祈りの暮らし》は砕かれ

　土の中から　生え上がってきたような
　敬虔な心持ちが
生まれ出(いず)るところの泉は
　要無きものと
　　埋め塞がれてしまった

幾千年もの
日々の暮らしの中から
自ずと生まれてきた
　無垢な信仰心
　　これを迷信というのであれば

「人類に究明できぬことなど……」
この傾きすぎた文明盲信は

土から離れてしまったゆえの
あらたな迷信、

それも
すべての生きものに有害な

猛毒な　迷信

Ⅲ章　次の命

無数の滴(しずく)

祈らずにはいられない
祈らぬ親は　いない
幾千幾万の夜
生命の誕生以来
一度たりとも途切れずに
引き継がれきて
今ある　この生だもの
一粒一粒の命から　滴り溢れるいのりで
夜の闇が満ちてくる

深い思いを託す
濃い言葉を探りながら
沈潜していると
風が頬をなでる
ことばなど　いらないよと

わからなくなる
いのり　という言葉が
急に掴めなくなる
ただ　不可思議な思いに入り込むほどに
日々　小さくなりゆく自分がいる
宗教という言葉には　距離を感じながら

ありがとう
もったいない

ごめんなさい
このひたぶる思いのほかは
一途に　無心に　しゃがみこむ
眠りにつく前の　このひととき

あと幾（いく）たび　この静寂なときを
迎えることができるのか

たしかなのは
日ごとに　その分母が一つずつ減っていること
今夜が　もう、一なのかもしれない
この無限の天地（あめつち）の中
無量大数分の一にも満たないことも　たしかな自分

あらゆる生命から
その本能から
にじみ出ているに違いない
夜ごとに一滴ずつ……
その無数の滴（しずく）を　丸々お引き受けくださる
お月さまの
なんと神々しいこと

いのることは　生きること
生きることは　いのること

石の池

裏庭の
こんもりと茂る
大きな乙女（おとめ）椿（つばき）の木陰に

きれいな小石ばかりを
たくさん集め
小さな池のように設（しつら）えた一角があった

祖母が　とくに大切にしていた
石の池

毎日のように
手にとって遊んでいた
色も形も　とりどりの小石

日夜　洗われ続けていた清流から
光を知らずに眠っていた何万年の向こうから
大空を高く跳ね飛んだ　彼方の記憶を留めつつ
それぞれ　ここに集まり来た
何かを秘めた小石たち

あぶら石
と呼んでいた
少し平たい漆黒の小石は
祖母と一緒に
いつも親指で　丁寧にさすって

ひときわ大事にしていたから
その名の通り
つやつやと油光りしていた
その　ひんやり　すべすべした感触は
今でも
昨日のことのように
右手によみがえる

みごとにまん丸い
おにぎり石
胡麻石
ガマ石
ヘチマ石
はちまき石

かっこいい
手ざわりがいい
色がきれい
かたちが不思議…

幼かった私は
それぞれの小石たちに
その故郷を　来歴を
たずねることもなく
勝手に名付けて
遊んでいただけだったけれど

「石の池」を設えてまで
石ころと親しみたい
という心持ちには

原始の世から伝わる
心の眼が
まだ　奥深くに
生きていたのかもしれない

石に宿るなにものかを
まだ観ることができていた
中昔(なかむかし)の
祖(おや)の祈りが

紙撚（こより）

ご先祖さま　どころか
親（ちか）しかった祖父母の
若き日の
当たり前の暮らしの風景が
もう　まるで　わからない

晩年の祖父母の
心の在り処（ありか）　さえ
一番下の孫だった私には

何ひとつ　わかってはいなかった

祖母は
毎日　お仏壇に
なにをいのっていたのか

祖父は
毎朝　神棚の火打ち石の火花に
なにを念じていたのか

古(いにしえ)の日本人の立ち姿
その　うすぼけた裾模様くらいは
まだ　幽かに
ほの見えていた時代だったのに

裏通りに響く
くずや～　おはらい
の呼び声

お勝手口では
御用聞きの
魚屋さんの威勢のよい口上
控えめな口調は酒屋さん

按摩さんの
甲高い笛の音も
まだ耳の奥に
生きている

お正月

ことほぎの萬歳には
もう出会えなかったけれど
街なかでも　まだ
門付けの獅子舞の訪れは
玄関の中に
招き入れていた

おとしだま
明治二十二年生まれの祖父が
薄い半紙を
細長い短冊状に切り分け
一枚ずつ　その端っこに
一、二、三……　と　家族の人数分の数字を
小さく書き入れる

やがて
その半紙の紙切れは
祖父の両の手の
親指と人差指に託されるや
たちまち
しゅるしゅる　ピシッ
しゅるしゅる　ピシッ　と
次々に
針のように　細く美しい
みごとな紙撚(こより)に
姿を変えてゆく

それは
一等から末等まである
くじ引き　であった

家長が
《としだま》を
子・孫たちに分け与える
そんな　古(いにしえ)の姿を
辛うじて留めていたかのような……

六十年経った今
ご先祖さまの袂に縋りつきたい
そんな衝動にかられる

たいせつなもの

赤ちゃんのころから
間断なく　浴び続ける
日常会話……
日本語のシャワー

単数・複数、　男か女か
そんな
《物》の区別には
こだわらない

そのかわり
「こと」と「もの」のちがい
その境い目の濃淡

そして何より

格助詞「は」と「が」の
使われ方の
奥の深さを
含みの豊かさ
複雑さを
《心》で細かく　とらえることを
日々　まなびながら
すくすくと

隠れてばかりいる
「主語」も
しっかり　わかるように
育っていく

見える物より
　理屈より
　　数字にあらわせるものより
　　　もっと　もっと
　　　　この世には
　　　　　たいせつなものがあるらしいと
　　　　赤ちゃんのころから
　　　おのずから
　　まるまると
くみとっているのかもしれない

無為のなか

足もとに
しぶい夕焼け色の　落ち葉
手に取った
まぢかに見つめて　はっとした

一枚の柿の葉は
そのまんま
一本の立樹（たちき）だ
姿かたちが整いすぎたくらい　みごとな
一本の冬木立

真ん中を貫く　真っ直ぐな一筋から
緩やかな曲線が
左右に数本ずつ
葉っぱいっぱいに
枝を描いている
葉脈、
などという言葉も知らずにいられた
幼い日にも
気がついたことがあったような
遠すぎる記憶……

還暦を過ぎて
あっと驚いている自分に
おどろいてしまう

大きな樹木も
かぼそい草も
あらゆる虫に、動物に
衣・食・住　を
惜しみなく　与えている

天与された
それぞれの地で
授かった命を発芽し
それぞれのサイズに背を伸ばし
その命の続きを子孫に託す
この使命の遂行を
何千年　何万年……
くり返す日々

それ以上のことは
まるで何もしていないかのような
植物のいとなみ

それなのに
私たち　動く生きもの　すべてに
常に　あまねく
われわれが気づいているより
おそらく　何万倍もの
恩恵を与えてくれている
ばかりか
ほんとうの美しさを
「ほんもの」を
示してくれている

草木のおかげで　命を生きている
無数の虫や動物たちも
植物から賜った肉体、とて
みんな（人間は棚に上げるか
ひとまず土間に下ろすか）
生まれながらに美しく
ふとした一瞬にも
心の糸に響くのは
偉大なる草木と同じく
「だけなのに」ではなく、きっと
「だけだから」

無為のなか
無二のかがやき

「一枚の葉っぱ」が　お陽さまの光を浴びて
日々　当たり前に成している「しごと」は
人間が　どんなに巨大な工場を企てても
その真似ごとすら
成し得ないという

炎天下に晒され続けても
けっして熱を帯びることのない木々
涼（すず）やかでさえある、その葉っぱ

その植生が、表土が、むしり取られたあとに
地表を覆う、夥しい蓄熱材　発熱材

植物の

果実や葉っぱのおかげで
衣・食・住の外（ほか）の
おたのしみに
日夜おいしい飲み物まで
ちょうだいしている
私たち

一筋の葉脈も
一粒の葉緑素も
備わっていない
私たち

命をつなぐために必要なことの
いったい
いかほど倍の

ぜいたくなことを……

そして
ほかの生きものたちに
い っ た い、 何 を

畏まる心

すっかり姿が見えなくなったね、って
こんな街なかに〇〇なんて珍しいね、って
その一幕裏には　文字通りの決死行動
絶望の淵　慟哭の渦

人間との縁が薄い　外の猫たちも
例外なく
人類の内紛「戦火」に晒され
地獄絵の中　逃げ惑い
細い命を繋ぎしものたちの子孫

水飲み場さえ奪っておいて
どう生きていけと
緑の下すらなくなった
冷たく熱い　人工物だらけの
街なかの荒野で

「まんが日本昔ばなし」の
「いいないいな　人間っていいな」
この歌詞にはただ愕然
だって　たぶん　真っ逆さま……

昔話は《神話のひこばえ》
その奥底に
遺伝子のように　ていねいに　大切に

たたみこめられていた念(おも)いとは

あらゆる命は
「生きとし生ける　なかま」だと
深いところで
無意識のうちにも
感じ取っていた人たちが多かったはずの
この島々だったのに……
取り返しのつかぬ
掻きむしられるような
焦燥感

乱獲撲殺の限りを尽くした果に
絶滅危惧……？
一転にわかに

保護？
天然記念物？

この星に
ヒトとして呼吸していること
いたたまれない

考えない頭
感じない心　を
修得しないかぎり

ほんの数世代前まで
灯り　ひとつにさえ
日夜苦心を重ねていた
ご先祖さまにも

申し訳がない

人間は　万事いたらぬもの、と
頭(こうべ)を垂れ
あらゆる自然界のご意向をよみとろうと
心、自ずと畏(かしこ)まり

あつき「いのり」に満ちていた
ぶ厚い古(いにしえ)
自足の時代

今より賢い
謙虚だったもの

闇夜

祖父の何万日
祖母の何万日
逢うことの　かなわなかった
曾祖父母の……

祖たち（おや）の
朝な夕なの「いのり」の末流に
今夜も
ひとときの静寂

十世代で　千人を数え
二十世代で　百万人を超える
祖(おや)たち

その膨大さに
おののき
瞑想は　途切れ
思わず　目を見開いた

闇夜だから　何も見えない

無量無辺なる堆積……

自分は
その底辺に

這いつくばっている?
それとも　その中に
紛れ込ませてもらっている……?

否
まだ肉体をともなう者には
近づくすべもない
きっと　超多次元の
ふくらみ

闇夜でよかった

次の命

鳴動する大地
荒れ狂う風雨の中

森羅万象への尊崇の念とともに
わたしたち生きものが
本能的に発していた願いは
各々の、次の世代の安泰

各々の魂から　離(か)れ出ずる
ひと息　ひと息の
莫大な積み重ねで

この大気はできていた
心の声　念のようなものに　充ち満ちていた

自分の肉体から　生じ出でた
次の命
その健康と安全を請い願う念い(おもい)は
私たちだけではない

自分の小ささが
いたいほど　わかっている
生きとし生ける
すべての生きものの　心の根っこ

いま　人間との良縁を得て
あたたかい夢を見ている

犬や猫たちにも
必ず親がいる
わが子の安泰を
一途に祈り続けてくれる親が

その親たちを　少し辿れば……
凄惨なヒト属の内輪もめに巻き込まれ
無数の焼夷弾が降り落ち　炸裂する
生き地獄の中を逃げ惑い
激痛と飢餓に喘ぎ続け
ぎりぎりの命をつないできた
ご先祖さま……

だから　あなたたちの眼は

真っ直ぐな輝きの中にも
憂いが消えることはない
私たちが　きちんと受け止めるべきものを
その奥に
しっかと
留めている

あるいは今、戦時より
かえって「傍若無命」な人間によって
同胞をはじめ、
痛覚も鋭き　数多の動物たちが
辛酸を嘗(な)めるばかりの境遇にあることも
真っ直ぐに
見通されている

この大気は
私たちが受け止めるどころか、
気がつくことすらない
声なき叫び　にも
充ち満ちている

樹を一本　伐採するだけでも
棲み家もろとも
生きる術（すべ）を絶たれる命たちの慟哭

ヒト以外の生きものにとって
「荒れ狂う」ものとは
とりわけ冷酷な天変地異とは
ある日突然　強烈に襲い来る
あるいは　日々　まわたで絞め続けるかの

《人間という大自然》

私たちが今
住み着いているところの多くは
つい数世代前まで、あるいは　ほんの20年前まで

無数のいきものたちが
何とか　ぎりぎり棲み分け合い
水場も寝ぐらも　折り合いをつけ

目に見える法律などより
よっぽど賢い
天地の《掟》
天然の思慮をめぐらし

この星に生じた命を
ひたすらに生きていた
各々にとって
かけがえのない住処（すみか）だったはず

それも

たぶん、我々の貝塚などよりも
はるか昔から
永々と

「いいないいな　人間っていいな」

この「日本昔ばなし」の主題歌……
やっぱり　わからない

過ぎし世……
我々以外の生きものは　おしなべて
聖なるもの
霊力を秘めているもの……
畏れ　うやまい
うやうやしく
心かよわせていた
過ぎし世……

「人間っていいな」
では、
ものがたりの奥底に
深く織り込まれ
託されていた　訓え　とは
さかさまのようで

この大気が
窒素とか　酸素とかに　腑分けされる
はるか　はるか　以前から

おそらくは原始の昔から
途絶えることなく　口伝え、口伝え
かたり継いできた
先人たちの　子孫への　念(おも)いが　願いが

ばっさりと根っこを失った
現代人の感覚によって
みだりに
大きく
人間本位に
へし曲げられているようで

そもそも
心が通うもなにも

かれらの「命」のなかに
「心」を観ようとする
みずみずしかった我々の心は
立ち枯れ

心といえば
自分の心
それしか　思い及ばない

そんな終末が
すぐそこに
見え始めているような

解説　「生きものとしての真実」を奏でる詩篇
――佐野玲子詩集『天地のひとかけら』に寄せて

鈴木比佐雄

1

佐野玲子氏の第一詩集『天地のひとかけら』が刊行された。収録された詩篇を読んでいると、一行一行に独特なリズム感がありながら、一行一行の中で明確な主張があり、佐野氏の願いであると同時に、実は詩篇全体で人類の本来的な願いを呼び戻すかのように感じられてくる。それは私たちの人類がこの「天地」の中で、人間以外の生きものの生命を軽んじている行為を繰り返し、後戻りできずに突き進んでいることへの人間の文化・文明の根本的な錯誤に気付かせる。この詩集は私たちが心や精神に秘めていた生命への畏敬の念や優しい気持ちを、もう一度呼び戻してくれ、どこか本来的なものに立ち還るきっかけになるような詩篇をまとめたものであると考えられる。

佐野玲子氏と知り合うきっかけは、二〇二一年一月にコールサック社が前年に刊行した『村上昭夫著作集　下　未発表詩95篇・「動物哀歌」初版本・英訳詩37篇』の詳しい紹介記事（朝日新聞掲載）を読みその本を購入したいとの連絡があったことだった。その際に文芸誌「コールサック（石炭袋）」を寄贈したところ、その後に「コールサック」に詩篇を寄稿するようになり、また公募中で同年の九月に刊行された『地球の生物多様性詩歌集――生態系への友愛を共有するために』にも参加してくれた。実は佐野氏が長年考えてきた「生きものたちへの想い」がサブタイトルの「生態系への友愛を共有するために」とも共通していると言われたのだった。それから佐野氏は「コールサック」（石炭袋）の「小詩集コーナー」に毎号三、四篇ずつ寄稿し続けてくれている。時に詩篇のテーマや表現方法などの相談などをされることもあり、近現代以降の私たちの生活様式の人間中心的な問題点に対して、人一倍の危機意識を抱く佐野氏の真剣な問い掛けに、私なりの考えを伝えて参考にしてもらっている。それからまだ二年間ほどしかたっていないのだが、佐野氏の詩篇は優に一冊の詩集をまとめる数に達していた。以前にお聞きしたところ佐野氏のノートには、これらの詩の原型の言葉が記されてあり、それを推敲されて発表し続けているらしい。佐野氏の詩は、根源的で自由な批評性を持ち、思索に満ちており、どこかまっさらな用紙に佐野さんの感性や思想の言葉を音符のように置いていくような、純粋な直観が刻まれている思いがする。

　これだけ短期間で独自の言語表現をまとめたことは、きっと他の芸術活動をされた経験があり、そこで豊かな芸術精神を育んでいたに違いないと聞いてみたことがある。すると佐野氏は、「ピアノは四歳の時から学んでいたが、地域の自然を大切にする民族音楽に関心を持ち、オーストリア・ドイツ・スイスのチロル地方の民族楽器チターを学び、その後は様々な演奏活動やチターを世に広める普及活動もしていた」と言われて驚いたのだった。チターは赤松から作られるが、桐から作られる日本の琴に近い楽器だと言われる。琴と違う点は五本のメロディー弦と三十本以上の伴奏弦があり、メロディー弦のフレットを左手で押さえて、右手の親指にはめた金属製の爪で弾き、残りの右の指で伴奏弦を弾いて音を出すそうだ。その意味では佐野氏の詩篇は、チターという楽器を言葉に変えて、地球という自然の中で「天地のひとかけら」であるちっぽけな存在に、いかに佐野氏自身や人間たちが気付くことが可能であるかを問い続けているように思われる。

2

本詩集は三章に分かれて、Ⅰ章「神さまに近いもの」（七篇）、Ⅱ章「とほうもない時間」（八篇）、Ⅲ章『次の命』（八篇）の二十三篇が収録されている。

Ⅰ章「神さまに近いもの」（七篇）は、佐野氏が小学六年生頃からの感受性を今も持続していて、その時の直観を基礎にして詩を書かざるを得なくなった軌跡が記されている。冒頭の詩「神さまに近いもの」の一連目を引用する。

《「そろそろ人間は、ほかの生きものたちに
恩返しをする時代にならなければおかしい

こんな人間だけの勝手な都合で……　ありえない」と
ちょうど五十年前　小学六年生のとき
日記に書いていた》

佐野氏は半世紀前の小学六年生の時に「そろそろ人間は、ほかの生きものたちに／恩返しをする時代にならなければおかしい」と、人間が他の生きものたちにお世話になっているにもかかわらず、自分たちの都合だけを優先していることにたいして確信をもって「ありえない」と日記に記していた。この冒頭の人間たちの在り方に根本的に深い疑念を抱いたことを明らかにしている。つまり人間存在が他の生きものたちへの犠牲の上に成り立っている贖罪感を深く自覚し始めるのだ。少女だった佐野氏は、人間の未来において「生きものたちに／恩返しをする時代」にするべきだと提案するのだ。このような明確な「恩返しをする時代」という主張を抱えた小学六年生頃の佐野氏にとって、一九七〇年代後半から一九八〇年代のバブル経済時代はさぞ生き辛い世の中だったろうが、チターという楽器演奏などで佐野氏は少しでも「恩返しをする時代」を生きようとしたに違いない。

佐野氏は二連目でも「ほかの動物たちが／悲惨すぎる巻き添えになってしまう／あまりに痛々しい現実を考えただけで／耐え難い」と記しているが、この「耐え難い」と心底感ずる表現が、一過性ではない子供の頃から続く佐野氏の感性の特筆すべき特徴だろう。三連目では

「深く根を張っているこの感覚」に「強烈な麻酔薬を投与し続ける思い」で生きて来たが、十年前からその「麻酔薬」も効かなくなったようだ。次の五連目で次のように語る。

《はるかはるか古より
文字に表されることなく
ことばの力で　脈々と
伝え継がれてきた数多の物語の中では
我々以外の生きものたちは
より　神さまに近いもの
神聖なもの
少なくとも　人間よりも
それはそれは　真っ直ぐな
心やさしいものとして
かたり伝えきたものを……》

この「我々以外の生きものたちは／より　神さまに近いもの／神聖なもの／少なくとも　人間よりも」という価値観は、人間中心的な価値観を百八十度転換させたものだろう。自然の生態系の中で、実は高度なコミュニケーションを駆使して共生している多様な生きものの存在者たちを佐野氏は「神さまに近いもの」という意味を与える。したがって人間は「神さまに最も遠いもの」になってしまっていると断罪し、その絶望感を深めていく。しかしそれでも佐野氏は次のように諦めずに言葉に刻んでいく。

《「恩返し」どころか
ますます逆方向に大きく傾くばかりのヒト社会

私たちが　安定して立たせていただいている
その足もとが
いかなる犠牲の、その途方も無い堆積であるのか
その呻き声が
銀河のように巨大に渦巻いている》

この箇所を読むと、佐野氏は自分を含めた人間たちによる「ヒト社会」によって、数多の命を奪われている生きものたちの「呻き声」が、「銀河のように巨大に渦巻いている」ことを聞いてしまい、もうこれ以上耐えられないと悲鳴を上げているように思われる。最終連は次のように記されている。

《感覚的にありえない……

その直観にこそ
潜んでいるように思えてならない
生きものとしての真実が》
佐野氏の感性は、「感覚的にありえない……」と人間が直観することを最優先している。この直観は、人間の欲望を全面的に肯定してしまい、この地上の生きものへの尊敬の念を否定するような生命軽視の光景だろう。そのような本質直観を最優先すべきだと考えて、「生きものとしての真実」を探して生きるべきだと読者に伝えているのだろう。

3

I章のその他の詩「ヒトの星ではなかった」では、一連目の「お蚕さんには　もちろん／鯨に　鮭に　供養塔／いつも一緒に働いてくれた馬や牛のためには／石碑を　観音さまを／草刈り鎌で　誤って切ってしまった蛇のもとには／お線香を　立てずにはいられなかった　私たち」と、先祖たちが他の生きものたちの存在に対して、深い感謝の思いを込めて供養塔を建て殺めた小動物にお線香をあげたことなどを記している。それは「天地」はそもそも人間だけのものでなく、生きもの全ての共有財産であることを告げて、本来的な精神を取り戻すことを願っている。さらに《地鎮祭という行いも言葉も　むなしすぎる／／いつから／当たり前に／

なってしまったのか／「リゾート開発」という行為が　言葉が／「羽毛布団」が「食べ放題」が／／いつから《当たり前》が、180度　狂ってしまったのか……》という詩行を読むと、「ヒト社会」の経済、法律、政治によってこの数百年に行われてきた結果において、いかに数多の生きものたちの命が犠牲になって来たかを悼む佐野氏の痛恨の思いが溢れている。そしてそのような仕組みを作り上げた「ヒト社会」の《当たり前》の異常さを浮き彫りにしている。

詩集タイトルにもなった「天地のひとかけら」では、「この人類も　つまるところ／この星の成分の刹那のあらわれ／天地のひとかけら、とみなされているから／／そのことを／そんな大事なことを／そんな当たり前のことを／当の我々がすっかり　忘れ捨ててしまった」と、人類が「星の成分の刹那」であり、「天地のひとかけら」である事実を心底から想起し、再び認識すべきであることを淡々と物語る。「ひとかけら」は、ある意味で天に舞う一枚（ひとひら）の葉のようでもあり、地を這う一欠片（ひとかけら）の蟻のような存在でしかない人間であるゆえに、だからこそ自然の生命が織りなす生命の多様性であるネットワークに畏敬の念を取り戻すべきだと言う。

その他の詩「天地のめぐみ」、「奥深い根っこたち」、「『動植咸栄』」、「永劫の炎」も先祖たちの「奥深い根っこたち」である自然から学んできた知恵を掘り起こして、人類の欲望の行きつく果ての危うさを回避すべきであることを詩に表現している。

Ⅱ章「とほうもない時間」（八篇）には、「とほうもない時間」、「火山列島」、「飽食の濁流」、「恥ずかしすぎる」、「ありえない」、「幾重もの奇跡」、「痛みの感覚」、「迷信」が収録されている。これらの詩篇には宇宙の生誕する時間から辿ると、人類の生きてきた時間がほんの短い時間であり、例えば石に宿る宇宙の痕跡の観点から、この人間世界を見つめることによって、人間だけの時間などあり得るはずはなく、本来的な時間が明らかになってくることを暗示している。

Ⅲ章「次の命」（八篇）には、「無数の滴」、「石の池」、「紙撚（こより）」、「たいせつなもの」、「無為のなか」、「畏まる心」、「闇夜」、「次の命」が収録されている。これらの詩篇には、干からびていくような現代人の精神の中に眠る、命の「滴」、宇宙時間の「石」、遊び心のある祖父の「紙縒」、《心》で細かくとらえる「たいせつなもの」など「次の命」に託す佐野氏の想いが綴られている。けれども佐野氏は「次の命」で決して現在の天地の在りようを生み出した一因を作った人類の未来を楽観視することなく、次のように詩を終えている。

《かれらの「命」のなかに
「心」を観ようとする
みずみずしかった我々の心は
立ち枯れ

心といえば
自分の心
それしか　思い及ばない

そんな終末が
すぐそこに
見え始めているような》
佐野玲子氏は、人類及び「ヒト社会」が、本当に他の生きものたちへの畏敬の念を取り戻し、心から「他の生きものたちへ恩返しをする時代」を作り出せるかを決して楽観視していない。けれども少なくとも自分の心や精神で検証し、「生きものとしての真実」の言葉を奏でて、それに共感する人びとが連帯し合い、この「ありえない」破滅的な情況を変えたいと願ってこの詩集を刊行したのだろう。

あとがき

私は幼い頃より音楽に親しみ、学生時代は民俗学に惹かれており、詩作とは全く無縁の者でした。しかし、還暦を迎えるにあたり、長年お世話になってきた身近な方々にだけは告白したい、しなければならないことがある、という思いが俄かに湧出し、何かしら文字に表す必要に迫られたのでした。私の頭・心はこのような思いばかりが満ち満ちているもので、実社会にはさっぱり心が向いていなくてごめんなさい…というような心持ちも大きく含むものでした。

今回ここに収めることができましたその独白は、一つの例外もなく、自分の中に長年どっしりと棲み着いているもの、その真底からの声ではあります。

ただ同時に強く自覚すべきと思いますことは、このような私の感覚は、自分が生まれ育った環境が、偶、稀に見る幸運な時空であったことが不可欠な要因に違いない、ということです。もしも私がさまざまな困難の中に生を受けておりましたなら、このような根の深い疑問を抱くことは、まずありえなかったものと思われます。

この奇跡的な幸運への感謝と、人間中心のこの現実社会に、自分も紛れもなく100％お世話になっていることは忘れてはいけないと、常々肝に銘じています。また、かくも贅沢に「用紙」を使うことの許される環境にあります有り難さも、かみしめているところです。

私の心の中で堆積の限界を迎えつつあった「思い」を、このたびコールサック社のおかげで「形」にしていただけましたこと、感謝の一言です。編集・解説文などでお世話になりました鈴木比佐雄様をはじめ、校正・校閲の鈴木光影様、羽島貝様、デザイナーの松本菜央様たちにはたいへんなお骨折りをいただきました。深く御礼申し上げます。

川村晃生先生のご著書『見え始めた終末「文明盲信」のゆくえ』このタイトルを、最も肝要な処に拝借させていただいていますこと、改めてあつく感謝申し上げます。また多大な共感と感銘を受けております宇根豊先生のご著書から拝借させていただいています文言がございます。深く御礼申し上げます。そして、学生時代を共に過ごした河野まり子さん、あなたが一昨年の春、新聞の切り抜きを手渡してくれなければ、私は今なお「コールサック社」と出会えずにいたことは明らかです。本当にありがとう。

今ここに、また新たな出会いをいただいておりますかと、幾重もの感謝の念に包まれつつ。

二〇二三年七月

佐野玲子

著者略歴

佐野玲子（さの　れいこ）

1958年　横浜市西区出身
　横浜市立一本松小学校
　フェリス女学院中学・高等学校
1981年　慶應義塾大学文学部 卒業
1987年　チター (zither) に出会う
　国内外にて演奏・指導活動

現在、チターの個人指導、個人宅での小さな演奏会、横浜市内にて「朗読・語り」の方々との共演、「影絵紙芝居」との共演をしている。
また、自らも朗読・語りに取り組んでいる。
文芸誌「コールサック（石炭袋）」会員
E-mail　s.reiko-yocto@nifty.com

詩集　天地のひとかけら

2023年8月24日初版発行
著者　　佐野玲子
編集・発行者　鈴木比佐雄
発行所　株式会社　コールサック社
〒173-0004　　東京都板橋区板橋 2-63-4-209
電話　03-5944-3258　FAX　03-5944-3238
suzuki@coal-sack.com　http://www.coal-sack.com
郵便振替　　00180-4-741802
印刷管理　（株）コールサック社　制作部

装幀　松本菜央　　カバー装画　佐野太一朗

落丁本・乱丁本はお取り替えいたします。
ISBN978-4-86435-579-7　C0092　￥2000E